사랑하는 친구에게 주는
마음의 선물

이가출판사

사랑이 얼마나 신비로운지 아시나요.
사랑하는 사람을 위해
하루 온 시간을 몽땅 소비해도 결코 아깝지 않으며
만나고 또 만나도
서로를 한없는 행복감에 젖어들게 합니다.
사랑을 하게 되면 자연스럽게
우리 자신의 바람보다는

사랑하는 사람의 소망이 우선이 되며
그를 위하여 우리 자신을 포기하고 희생하더라도
상대의 소망이 꼭 이루어지기를 바라게 됩니다.
이성적으로 생각하면 가능하지도 않을 뿐더러
모순투성이 같지만
사랑을 하면 이러한 일이
자연스럽게 이루어진답니다.

차 례

1부 사랑의 모자이크

2부 행복의 향기

3부 작은 것을 아끼는 마음

1부

사랑의 모자이크

사랑하는 삶

사랑을 이야기 하자면
따뜻함, 감미로움 그러한 것들이 떠오르지만
결코 사랑은 정적인 것만이 아닙니다.
사랑은 계속해서 변화하고 있으며
서로 사랑의 표현을 나눔으로써
사랑하는 사람을 변화시키게 합니다.
사랑에 필요한 것은 진실입니다.
그리고 사랑을 하고자 하는
내면의 결단과 자신의 진실을 전할 수 있는
진정한 용기가 필요합니다.
그 아름다운 사랑은 그냥 조건없이
주어지지는 않습니다.
꽃망울을 터뜨리려면 먼저 봉오리가 맺어야 하듯이
말입니다.
이는 아주 평범하지만 흘려버리기 쉬운 진리랍니다.
우리는 편지를 보내기 보다는 받고 싶어하고
사랑을 하기 보다는 사랑받기를 더욱 원합니다.

그러나 사랑의 빛을 아낌없이 나누어 줄 때
그 빛은 자신에게 더욱 아름다운 모습으로
다시 돌아오게 된답니다.
사랑받는 삶은 아름답습니다.
그러나 사랑하는 삶은 더 아름답습니다.

꽃을 가꾸는 사람

뜻있는 일을 꾸준히 계속하는 데서 오는
기쁨을 맛보셨나요.
우리가 어떠한 일을 할 수 있다는 것은
매우 순수한 마음이며 즐거움입니다.
대부분의 사람들은
이미 완성된 업적이나 결과만을 생각하기 때문에
간혹 쓰라림을 맛보고 좌절하기도 합니다.
우리에게는 결과를 작은 부분으로 나누어 생각하는
지혜가 필요합니다.

어떤 보람된 일에 열중할 수 있는 여유를 가지고
그 일에 최선을 다한다면
그것 자체만으로도 진정한 인생의 승리자요
진정으로 행복한 삶을 살았다고 할 수 있습니다.
보람된 일에 열중할 수 있는 사람은
꽃을 가꾸는 사람처럼
행복의 향기를 소유할 수 있을 것입니다.

별들의 이야기

어두운 밤에도 분명 빛나는 게 있지요.
별 말이에요.
우리가 서로 사랑을 한다면
그 빛은 별빛과 같을 거예요.
환하게 비춰주지는 못해도
영롱하게 빛나고 있잖아요.
가끔 밤하늘을 바라보며 별들의 속삭임에
귀기울여 본 적이 있나요.
가만히 들어 보세요.
하지만 먼 밤하늘 말고
우리 마음에도 별은 있답니다.
사랑의 별, 믿음의 별 말이에요.
언젠가부터 가슴속에 별을 묻어둔 채
그 빛을 밖으로 비추지 못하고
우리는 살아가고 있답니다.
이제는 비추세요. 그리고 사랑하세요.
너무나 밝아서 숨이 막힐 그러한 사랑을 말이에요.

남남과 우리

남남이란
삶의 기나긴 여정에서
단 한번도 마주친 적이 없고
시간을 함께한 적도 없는
그러한 사이를 말합니다.
누군가와 한번이라도 함께 시간을 나누었다면
더 이상 남남일 수는 없는 겁니다.
왜냐하면 금방 우리가 되어버리고 마니까요.
그 사이에 사랑이 싹튼다면 연인이 될 수도 있구요
정이 싹트면 좋은 친구가 될 수도 있지요.
서로가 서로를 잘 이해할 수 있다면
아주 좋은 관계가 계속될 수 있겠지요.
인생은 만남의 연속이잖아요.
한번이라도 만났던 사람은
남남이라고 생각하지 마세요.

자유로운 사랑

사랑은 우리가 살아가는 이유입니다.
우리는 그래서 그 사랑을 원하고
또 지키고 싶어 하지요.
그 사랑을 지킬 수 있는 것은 마음의 여유랍니다.
사랑을 할 때
지금의 현실을 그대로 인식하여 받아들이며
때로는 어느 정도 거리를 두고 사랑하는 마음이
필요하답니다.
사랑은 크고 깊게 그리고 자유롭게 해야 합니다.
쉽게 이해가 가지 않지만
사랑하는 사람이 떠날 때 편안하게 떠날 수 있도록
그렇게 사랑해야 합니다.

지금 누군가와 사랑을 하고 있다면
그 사랑을 지키기 위해서라도
마음의 여유를 가지고
그리고
자유로운 사랑을 하세요.

저울같은 삶

재래식 저울은 지렛대의 원리를 이용해서
양쪽의 균형을 이루어 무게를 잽니다.
양쪽이 평행을 이루어야만 무게를 잴 수 있거든요.
인생도 그렇습니다.
음과 양의 균형
기쁨과 슬픔의 균형
행복과 불행의 균형
베풀어 줌과 나누어 받음의 균형
서로 비슷하게 균형을 이루어 영위되는 것이
인생이라 할 수 있습니다.
물론 각각의 무게가 다르지만 그것들이 서로
균형을 맞춘답니다.
몇 개의 기쁨이
하나의 슬픔과 같은 무게가 될 수도 있고
또 그 반대의 경우도 있습니다.
상반되는 두 가지가 적절히 조화를 이루어
삶의 모자이크를 그려 나간답니다.

어쩌면 그 이유 때문에 삶이 단조롭고
지겨워질 수도 있지만 또 그 이유 때문에
희망적인 삶이 될 수도 있는 것입니다.
어둠이 있으면 빛이 있다는 희망을
기대하는 것입니다.
기쁘고 좋은 일은 힘들고 어려운 일과
더불어 있을 때 빛이 납니다.
오늘 한 가지 일이 이루어지지 않았다고 해서
비관하지 말고
그 반대편에 놓일 이루어질 일에 대해 생각하세요.
그 희망이 인생을 살만한 것으로 만들 테니까요.

사랑이 머무는 곳

봄이 되면 죽어 있는 듯하던 모든 것들에
어느새 새싹이 돋고 꽃을 피우지 않던가요.
사랑도 이처럼 살며시 다가온답니다.
봄꽃처럼 말이여요.
하지만 봄꽃같은 그 사랑을
자신의 가슴에 묻고 아름답게 가꾸어 나가려면
쉼없는 노력이 필요하답니다.
사랑은 주는 것에 비례하여 오는 것이 아니라
마음과 정성을 다한 사랑은
훨씬 큰 모습으로 돌아온답니다.
때로는 지루하고 흥미가 없더라도
사랑하는 사람의 말에 귀기울여주고
마음을 활짝 열고 받아들일 수 있는
그러한 마음이 필요하답니다.

사랑하는 사람과 함께하는 시간을
소유하려 하지 말고
그 시간을 소중하게 여기며 보살펴 줄 때
사랑은 오랫동안 머물 수 있답니다.

무지개빛 인생

사랑에도 색깔이 있지만
인생에도 색깔이 있답니다.
온종일 내리던 비 끝에
찬란하게 피어오르는 무지개처럼 말이예요.
나 혼자만의 색깔이 아닌
일곱색깔의 아름다운 무지개처럼.
인생도 마찬가지랍니다.
사노라면 기쁨과 슬픔, 절망과 환희
그러한 것들을 겪게 마련입니다.
삶이 어렵고 두렵다고 해서 피해갈 수는 없지요.
힘든 절망의 순간을 잘 이겨내고 나면
우리의 존재는 더욱 성숙해지고
절망의 순간을 잘 대처하고 나면
삶의 지혜가 한웅큼 더 쌓이게 됩니다.
인생을 함부로, 되는대로 살아가는 사람은
인생의 찬란한 열매를 맺을 수 없으며
무지개빛의 아름다운 삶도 느끼지 못할 것입니다.

애초의 삶은 무지개처럼 화려하지만
그 색들을 잘 조화시키지 못한다면
그 인생은 마구 뒤엉켜
마침내 검정색으로 남고 말 것입니다.

행복론

행복은 소망하는 사람에게만 찾아오는 요정이예요.
친구나 사랑하는 사람을 통하여
행복을 찾을 수도 있지만
밖에서만 찾으려고는 하지 마세요.
현재 혹은 미래 그 어느 때에서도
자기 자신 이외의 것에서 행복을 구하려는 것은
어리석은 생각입니다.
먼저 뜻있는 목표를 세우고
열심히 노력하는 그 과정 속에
행복은 깃들어져 있답니다.
행복의 나무를 열심히 가꾸세요.
그리고 의미있는 사람들에게 나누어 주세요.
하지만 한 가지는 꼭 기억해 두세요.
행복은 노력하는 사람에게만 찾아온다는 것을.

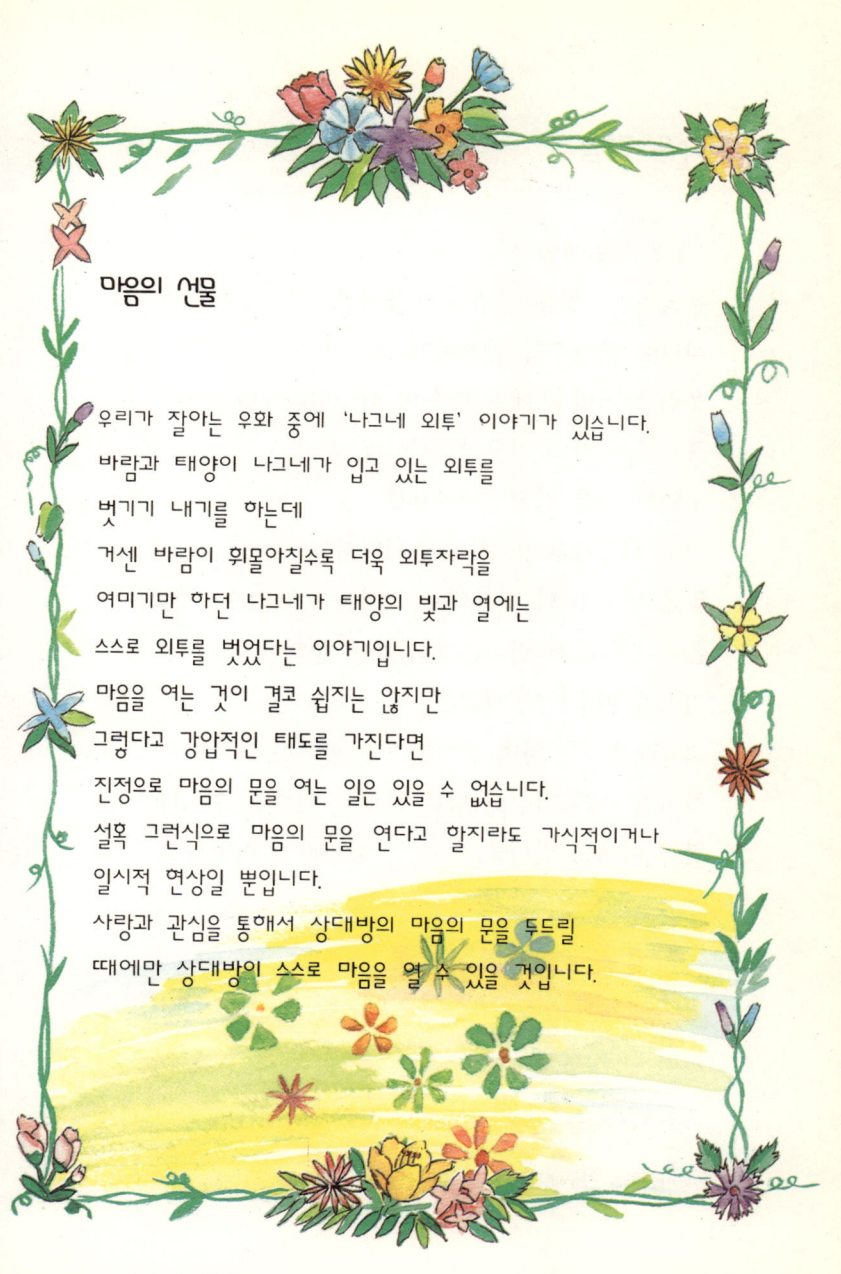

마음의 선물

우리가 잘 아는 우화 중에 '나그네 외투' 이야기가 있습니다.
바람과 태양이 나그네가 입고 있는 외투를
벗기기 내기를 하는데
거센 바람이 휘몰아칠수록 더욱 외투자락을
여미기만 하던 나그네가 태양의 빛과 열에는
스스로 외투를 벗었다는 이야기입니다.
마음을 여는 것이 결코 쉽지는 않지만
그렇다고 강압적인 태도를 가진다면
진정으로 마음의 문을 여는 일은 있을 수 없습니다.
설혹 그런식으로 마음의 문을 연다고 할지라도 가식적이거나
일시적 현상일 뿐입니다.
사랑과 관심을 통해서 상대방의 마음의 문을 두드릴
때에만 상대방이 스스로 마음을 열 수 있을 것입니다.

작은 관심

"그건 우연이었어"
우리는 이 말을 자주 사용하지만
시간이 지날수록 필연이었다는 생각을 갖게 됩니다.
우리가 어떤 이에게 마음이 이끌린다거나
혹은 누군가의 친구가 되는 것 역시
우연한 것은 결코 아닙니다.
서로 사랑하고 또 스치고 지나가는
많은 만남이 다 나름대로의 이유가 있었으니까요.
삶의 길목에서 만나는 사람들을 통하여
지식을 배우기도 하고
그들에게 의지하며 살아가기도 합니다.
하지만 우리 자신이 다른 사람이 의존할 수 있는
한쪽 어깨를 빌려줄 수 있는 삶이라면 어떨까요.

우연히라도 알게 된 사람에게
작은 관심을 기울인다면 어떨까요.
그러면 그 사람은
중요한 의미로 다가설 것이고
우리의 작은 관심이
그에게는 값진 의미로 남게 될 테니까요.

천국과 지옥

빛과 어둠이 다르듯이
세상을 밝게 보는 사람도 있고
어둡게 보는 사람도 있습니다.
밝고 어둡게 보는 게 서로 다르긴 하지만
둘 다 옳습니다.
단지 각자가 보는 시각이 다를 뿐입니다.
세상을 밝게 보는 사람은
스스로 열린 마음으로 천국을 만들어 나가며
따라서 주위 세상도 천국이 되기 마련입니다.
세상을 어둡게 보는 사람은
그 어둠으로 인하여 그 주위 세상도
지옥으로 변하기 마련입니다.

천국은 주위 사람과의 조화로운 삶을 말하며
지옥은 주위에 벽을 쌓고 혼자 산다는 뜻입니다.
우리의 마음이 밝고 조화로울 때
세상과의 올바른 관계가 이루어질 수 있습니다.

사랑하는 이를 위하여

누군가를 사랑하는 것이
흔히 연인관계를 이룰 수도 있겠지만
희생과 봉사를 의미하는 사랑도 있을 수 있습니다.
자신의 삶을 자신만이 아닌
사랑하는 이를 주인공으로 하는 인생을 산다면
내것의 일부를 조금씩 덜어가면서
사랑을 위해 산다는 게
그렇게 어렵지만은 않을 겁니다.
그렇게 되면 우리 자신이나 사랑을 받는 사람이
각기 혼자 외로워 할 이유는 없겠지요.

우리가 좋은 생각, 좋은 말, 좋은 행동으로
우리의 정신을 풍요롭게 하고
친절한 마음으로 누군가에게 사랑으로 대할 때
사랑을 주는 사람이나 받는 사람 모두에게
진정한 용기가 생길 것입니다.

잔뿌리같은

우리는 '굵고 짧게' 라는 말을 쓰는 사람들을
자주 봅니다.
인생을 한탕주의로 사는 것처럼
무모한 짓은 없습니다.
보이지 않는 잔뿌리처럼
어떤 하루는 이쪽으로 뻗고
어떤 하루는 저쪽으로 뻗는
그 하루하루가 모여서 인생을 만들어 갑니다.
그 잔뿌리들이 건강하게 번성할 때
굵은 뿌리도 생기고 줄기도 실해집니다.
매일 매일이 작은 인생이라는 말처럼
알찬 하루가 모여서 보람찬 인생을 이루어낸답니다.

기회

사람에겐 언제나 기회라는 것이 있습니다.
아무리 불행한 사람이라고 할지라도
기회가 없는 것은 아닙니다.
만일 우리에게 큰 실패가 있었다면 그것은
우리에게 주어진 기회를 스스로 잃은 까닭입니다.
무엇보다 귀중한 절호의 찬스를 놓치고 산 것은
그 누구도 아닌 우리 자신의 큰 실수입니다.
하지만 후회해도 아무 소용이 없는 일입니다.
인생에서 때로 실패를 했다고
너무 비관하거나 불안해 할 필요도 없습니다.
물론 한번 놓친 기회는 다시 찾을 수 없지만
공부에 실패하고
인생 그 자체에 실패한 사람이라고 할지라도
또 하나의 기회는 반드시 찾아올 테니까요.

감사하는 마음으로

"매사에 감사하며 사십시오"
라고 누군가가 이야기 한다면
글쎄 무엇을 감사하게 생각해야 하는지
언 듯 떠오르지 않을 수 있습니다.
누군가를 사랑하는 사람이라면
그의 존재에 대하여 감사할 수 있겠지요.
하지만 그렇지 않다고 하더라도
현재를 소중하게 여기며
이 순간을 맞이할 수 있어야 한답니다.
마음 속에 많은 사랑과
관대한 마음을 간직한 사람이라면
감사하는 마음 또한 지닐 수 있을 테니까요.
있는 그대로의 삶에 대하여 기뻐하는 것이
얼마나 소중하며 감사한 것인지
이해하고 받아들일 사람은 많지 않습니다.

평범한 삶을 겸허하게 받아들이고 감사할 때
일상적인 삶과 일상적인 우리의 일과도
우리 자신에게는 결코
그저 평범한 것일 수만은 없는 것입니다.

소망과 축복

사랑은 혼자일 수 없기에
우리는 그 대상이 나타나기를 은근히 기대하며
살아가게 되지요.
그러다가 어느 한 순간 그 상대가 나타나면
우리는 순식간에 사랑에 빠져들고 맙니다.
하지만 사랑은 둘이 만나 같이 서는 것이 아니라
이미 홀로 선 두 사람이 만나는 것입니다.
그래서 진실한 사랑은
각기 다른 상대의 소망이 이루어지는 것을
진심으로 축복해 주고
인생의 최종 목표에 다다를 수 있도록
자신감을 안겨 준답니다.

숙명

우리에겐 모두 제한된 삶이 주어져 있습니다.
무제한의 삶이 아니고 어느 시간 사이의 삶임을
우리는 부정할 아무런 권리도 근거도
가지고 있지 못합니다.
오늘의 내가 내일의 내가 될 수 없다는 것은
무서운 일이면서도 어쩔 수 없는
인간의 숙명입니다.
우리는 우리 삶의 보람을 위해서
최고의 노력을 기울여야 합니다.
그러기 위해서는 우리도 이곳에 무언가를
남기기 위해 노력해야 합니다.
각기 나름대로 그 무엇을 위해
노력하는 삶이 될 때
보람을 찾을 수 있을 것입니다.

기쁨과 행복의 함수관계

우리들은 크고 화려하며 대단한 것들을 선호합니다.
하지만 그러한 것들을
애써서 찾으려고만 하지 마세요.
우리 주변에는
너무나 작아 잘 보이지는 않지만
아름다운 것들이 많답니다.
아무렇게나 버려진 듯한 들판의 이름모를 들꽃도
작지만 아름답잖아요.
크고 화려한 것들을 소유해야만
행복도 커지는 것은 결코 아니랍니다.
지금의 시간이 고통스럽다고
행복이 멀게만 느껴진다고
무작정 행복을 찾아 나선다면
그것은 참으로 어리석은 행동입니다.
모든 시간은 모두 자신의 것입니다.
자신의 선택에 따라
아름다운 시간이 될 수도 있고

고통의 시간이 될 수도 있답니다.
큰 것만을 취하려 하지 말고
작더라도 그것에 만족하고 기뻐할 때
행복은 진정 우리의 것이 될 수 있답니다.

흐르는 물처럼

인생은 고인물이 아니라 흐르는 물과 같아서
이 순간 우리곁에 머물러 있는 것들도
언제까지나 우리 것일 수만은 없습니다.
인생은 흘러가는 시간처럼
단 한 순간도 우리곁에 고여있지 않습니다.
예전에 절친했던 우리의 친구들도
시간이 지나면 그 모습은 흘러가고
어느덧 새로운 모습들이
그 자리를 메워가게 됩니다.
때로는 외로움이 목끝까지 차오기도 하고
때로는 덧없음이 가슴을 에여도
또다른 그 무엇이 인생을 차지하여
기쁘게 만들기에
우리는 이전의 일들을 추억이라 여기며
살아가는 거랍니다.

지금 누리고 있는 이 행복을
우리곁의 사람들에게 나누어 주십시오.
언젠가는 우리도 베푼 만큼의 행복을
나누어 받을 날이 있을 테니까요.

티없는 사랑

"만일 당신이 나를 사랑한다면
오로지 사랑 때문에 사랑해야 합니다."

우리가 누군가를 사랑한다면
사랑 때문에 사랑하여야 하며
사랑은 받는 것이 아니고 주는 것이라는 말처럼
우리가 참된 사랑의 소유자이기 위해서는
무조건적인 사랑이여야 합니다.
그것이 티없는 사랑이랍니다.

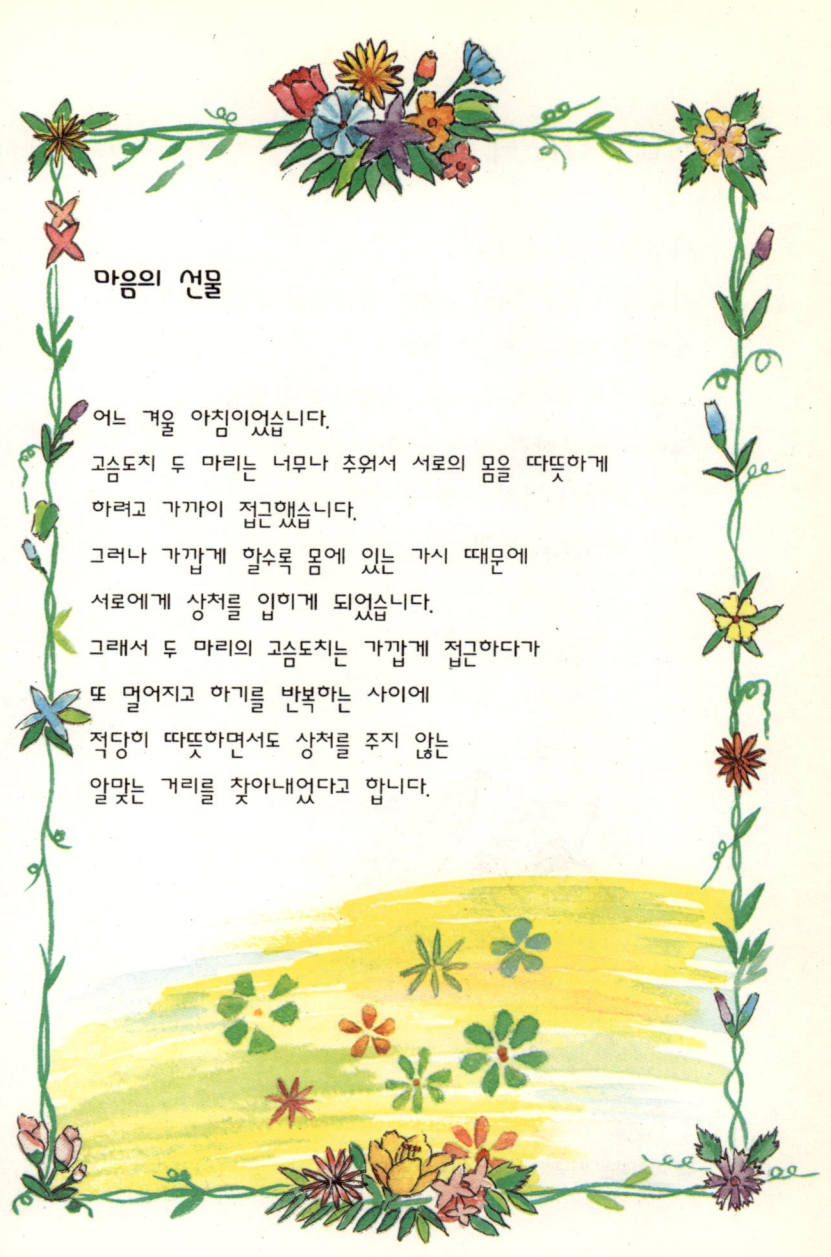

마음의 선물

어느 겨울 아침이었습니다.
고슴도치 두 마리는 너무나 추워서 서로의 몸을 따뜻하게
하려고 가까이 접근했습니다.
그러나 가깝게 할수록 몸에 있는 가시 때문에
서로에게 상처를 입히게 되었습니다.
그래서 두 마리의 고슴도치는 가깝게 접근하다가
또 멀어지고 하기를 반복하는 사이에
적당히 따뜻하면서도 상처를 주지 않는
알맞는 거리를 찾아내었다고 합니다.

나답지 않은 나

아무리 멋진 보석도
가공하지 않은 자연상태인 원석으로 있을 때에는
표면이 거칠고 흠집투성이로
빛을 반사시키지 못하는 돌맹이에 불과합니다.
그러나 필요하지 않은 부분을 잘라내고
갈고 닦아서·가공을 한 후에는
값진 보석으로 변합니다.

우리도
우리의 가능성을 스스로가 덮거나
세월이 흘러가기를 기다리며
방치해 두지는 않고 있나
생각해 볼 필요가 있습니다.
아집, 편견, 비관적이고 부정적인 생각들
우리는 '나답지 않은 나'를 살면서
누구를 탓하지는 않았는지요.
그러나 그것이 누구의 탓도 아닌
바로 우리 자신의 결점은 아니었나
깊이 생각해 볼 일입니다.

우주의 중심

우리들 누구나 우주의 중심은 우리 자신이며
우리 자신의 인생관은
다른 누구도 아닌 자신이 세우고
그것을 향해 매진하는 것도 우리 자신입니다.
비록 세계가 우리 자신의 의지와는 간데없이
돌아가고 변화하며
우리곁에 일어나고 있는 일들이
경우에 어긋나고 정도를 벗어나더라도
잠시 멈추어서서 그것에 미소 지을 수 있는 정도의
여유를 가지고 있다면
세상은 결코 우리의 행복이나 인생관을
바꿔놓으려 하지 않을 것입니다.

한여름의 태양처럼

사랑은 여러 가지 표현에 의해
그리고 다양한 형태로 그 모습을 드러냅니다.
우리 감성에 녹아있는
사랑의 마음 그 하나하나가 응집되어
마침내 사랑의 행위로 그 모습을 나타낼 때
상대의 가슴에도 사랑이 움트게 된답니다.
우리 자신이 지닌 사랑의 진실한 표현은
사랑하는 사람에게 커다란 위로와 용기가 되며
그 속에서 두 영혼이 결합하여
봄햇살처럼 찬란하고
한여름의 태양처럼 뜨겁게 빛날 것입니다.

침묵

남의 허물이 자꾸 보이면
우선 나에게 문제가 있음을 깨닫고
자신을 돌보아야 합니다.
또한 누군가가 나에게 남의 허물을 이야기한다면
그것은 두 사람 모두 실수에 빠지는 것입니다.
남의 허물을 자주 듣게 되는 것도 자신에게
문제가 있기 때문임을 깨달아야 합니다.
자신의 허물을 고치려고 노력해 본 사람은
절대로 남의 허물을 쉽게 평가하지 않으며
진실하려고 애를 써본 사람은
그것이 얼마나 어려운가를 알기 때문에
다른 사람의 진실하지 못함을
쉽게 책망하지 않습니다.

바로 살아보려고 애쓰는 사람은
다른 사람의 허물이나 진실하지 못함을
함부로 말하지 않으며
그리고 그것이 얼마나 어려운지를 알기 때문에
결코 비판하지도 않습니다.

만남과 이별

미로처럼 복잡한 우리 인생의 행로는
무척이나 다양한 모습을 하고 있지만
결국은 수많은 사람들의 삶과
계속적으로 맺어지고 끊어지는
만남과 이별의 과정일 뿐입니다.
이것은 인간의 힘으로는 막을 수 없는
불가항력의 것입니다.
만남도
우리 자신의 뜻이 아니기에
좋은 만남만을 가질 수도 없으며
이별 역시
내 것이 아니기만을 바라지만
그것 조차도 우리 삶에 슬픔과 아픔의 흔적을
남겨 놓고야 맙니다.
그러나 우리가 그것을 두려워 하며 달아나기 보다는
만남과 이별을 보다 순수하고 겸허하게
또한 감사하는 마음으로 받아들일 수 있다면

어렵고 견디기 힘든 일에서의 부담감에서 벗어나
삶의 무게를 덜고 좀더 가벼운 인생의 길을
걸을 수 있을 것입니다.

사랑으로의 승화

우리가 그리는 진정한 사랑의 모습이
어디에 있으며
어떤 모습을 하고 있는지 아무도 알 수는 없지만
사랑은 사랑하는 사람에게 관심을 가지고
서로의 필요를 채워주는 것이라고 생각됩니다.
진정한 사랑안에서는
서로에게의 주고 받음이 명백하게 분리될 수 없기에
서로의 빈곳을 채워주는 과정이
바로 완전한 사랑으로의 승화입니다.

신의 선물

우정은 신이 우리에게 주신 커다란 선물입니다.
우리 마음 속에 참된 우정을 간직하고 있다면
세상의 값진 보물 하나를 얻은 것과 같습니다.
그러나 그 보물을 계속해서 간직하려면
끊임없는 인내와 용서와 이해를 가지고
지켜나가야 합니다.
그렇지 않으면 시간이 갈수록 점점
그 빛이 퇴색되거나 상처를 입히게 되어
놓치게 되는 경우가 생길 수 있습니다.
진실한 우정을 간직하려면
그 만큼의 노력이 필요하겠지만
그 가치는 더욱 값진 보물로써
우리에게 간직될 것입니다.

사랑의 보상

우리는 사랑이 어떤 뚜렷한 모습으로
나타나지 않는다고
누군가가 우리에게 사랑의 손을 내밀지 않는다고
가슴아프게 생각하고 슬퍼해 본 적은 있습니까?
누군가로부터 사랑을 받는다는 것은
우리 자신의 존재가 인정되는 것이며 또한
자신의 존재가 중요하다는 확신을 갖게 됩니다.
그 누구로부터도 사랑을 받지 못하면
아무리 많은 사람 속에 섞여 있다고 해도
외로움에 몸을 떨게 됩니다.
그리고 자신은 쓸모없는 사람이라는
자신에 대한 환멸을 갖게 됩니다.

이러한 느낌은 누구나가 마찬가지랍니다.
우선 우리 주위의 누군가에게 손을 내밀어
사랑을 전해야 합니다.
그러면 사랑은 우리에게 틀림없이 돌아올 테니까요.

꿈

누구에게나 나름대로의 큰 꿈이 있습니다.
그러나 그 꿈은 쉽게 이루어지지 않습니다.
그 꿈은 마치 무지개와 같아서
다가가 보면 어느새 저만큼 멀리 떨어져서
여전히 유혹하고 있습니다.
하지만 너무 실망하지 마세요.
꿈은 이루어지지 않기에 꿈으로 남아 있는 것이며
이룰 수 없기에 더욱 아름다운 거랍니다.

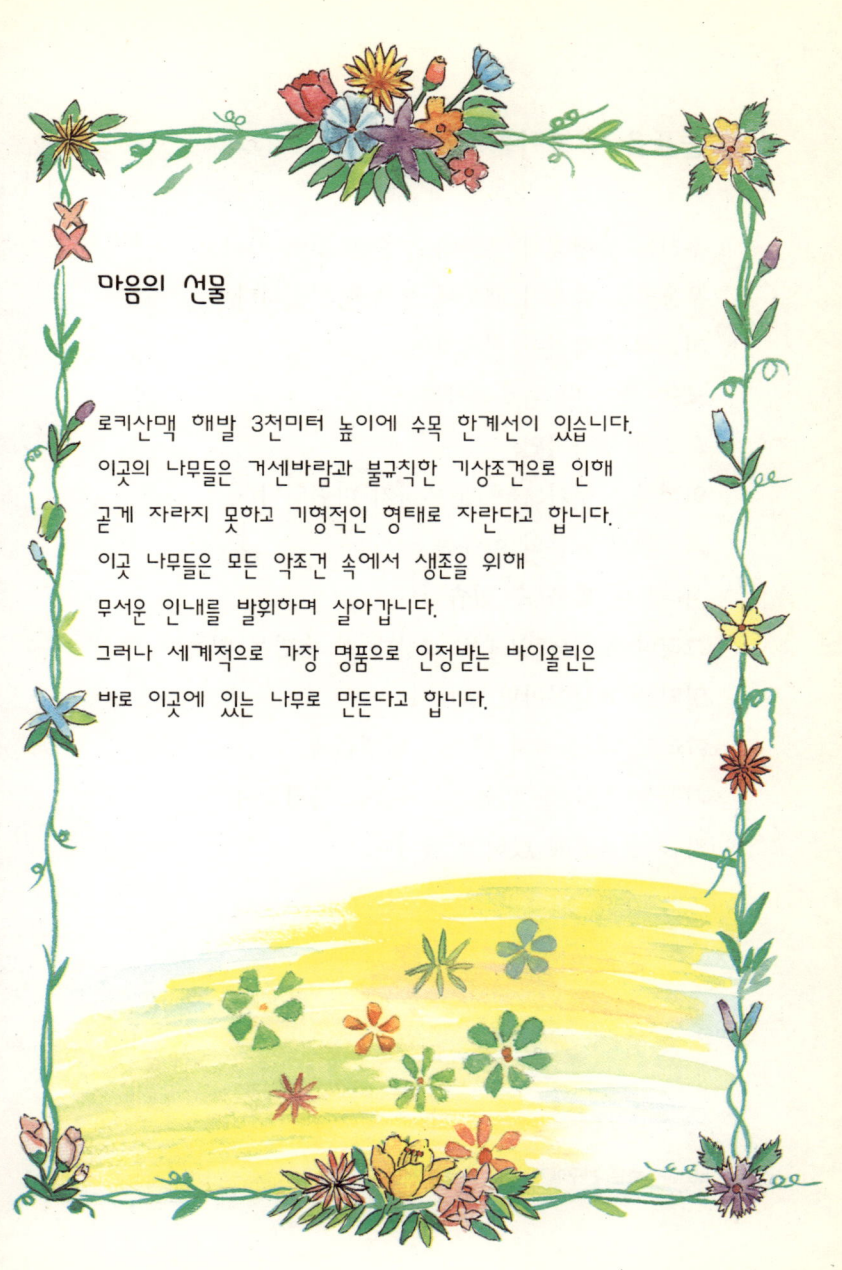

마음의 선물

로키산맥 해발 3천미터 높이에 수목 한계선이 있습니다.
이곳의 나무들은 거센바람과 불규칙한 기상조건으로 인해
곧게 자라지 못하고 기형적인 형태로 자란다고 합니다.
이곳 나무들은 모든 악조건 속에서 생존을 위해
무서운 인내를 발휘하며 살아갑니다.
그러나 세계적으로 가장 명품으로 인정받는 바이올린은
바로 이곳에 있는 나무로 만든다고 합니다.

슬픔을 정복하는 길

우리는 불행해서 우울하고 슬픈 것이 아니고
우울하고 슬프기 때문에 불행한 것입니다.
괴롭게 생각하기 시작하면
모든 것이 다 괴로워지고
슬프게 생각하면
인생사 모두가 슬프게 변하기 마련입니다.
괴로움과 슬픔의 이유는
어디서나 찾을 수 있습니다.
그러나 우리의 인생을 그렇게 살 수만은 없는
일임을 깨달아야만 합니다.
그리고 나서 먼저 마음의 반대편에 자리하고 있는
기쁨을 만들 수 있는 그 마음을 불러들여
가슴 한복판에 앉혀야 합니다.

그러면 지금과는 반대로
모든 일이 기쁘지 않을 수 없을 것입니다.
그것이 바로 슬프고 우울한 마음을
정복할 수 있는 길이 될 것입니다.

사랑을 기회라고 말하겠습니다.
우리에게 주어진 기회입니다.
그것을 다른 사람으로부터 받을 수도 있지만
둘이 하나가 되기 위한 두 사람 모두에게
주어진 기회입니다.
사랑의 기회가 우리에게 언제 올는지 아무도
알 수.없습니다.
그래서 우리는 사랑을 구하려고 애쓰지 않는
방법을 배워야만 합니다.
그러나 사랑이 찾아올 때를 위해 언제나
우리는 준비를 하고 있어야만 합니다.

2부

행복의 향기

소중한 친구

누구에게나 진실하고 소중한 친구 하나가 있다면
그 사람의 인생은 성공했다고 할 수 있습니다.
"당신에게 진실한 친구가 있나요?"
이런 질문을 받게 되면 우리는 친구들의 모습을
하나 둘 천천히 떠올려 보게 됩니다.

우리는 때때로 그 소중한 친구를 위해서
내 이익과는 어긋나더라도
무엇인가를 꼭 해주고 싶고
또 그래야 할 순간이 오기도 합니다.
우리는 소중한 친구를 위해
기꺼이 그렇게 해줄 수 있어야 합니다.

참된 친구를 위하여
자신의 모든 행복을 담보할 수 있을 때
진실한 친구라고 말할 수 있을 테니까요.

수고로움

인생을 살아가는 과정에 쉬운 길은 없습니다.
때로는 혹독한 시련과 외로움을 견디어 내느라
두 어깨가 쳐지고 무거운 날들도 많습니다.
사랑도 마찬가지로 달콤하고 따뜻함만이
계속되지는 않으며 때로는 수고로움이 필요합니다.
하지만 그 수고로움에 대해서
말해 주는 사람은 아무도 없습니다.
계속 사랑할 수 있는 마음의 결심
서로를 용서해 주는 마음
사랑을 잃지 않으려는 굳센 의지
소망을 이루려는 끊임없는 노력
그럼에도 불구하고 이 세상에서 꼭 한번만이라도
진하게 느끼고 싶고 하고 싶은 그러한 것이 있다면
그것은 바로 사랑입니다.

꿈같은 사랑

우리는 가끔 표면적으로 보이는 그러한 것에서
사랑을 구하려고 애를 씁니다.
보이는 사랑말이여요.
화려하고 정말 있어 보이는 그런 사랑.
하지만 그런 사랑은 일시적이며
허탈감만을 남기고 떠나게 마련입니다.
삶에도 꿈이 있듯이
사랑에도 나름대로 그려지는
꿈이 있답니다.
뜻있는 만남
깊은 애정
따뜻한 삶
그러한 것들을 간직하는 것이
불가능한 것만은 아닙니다.
나와 내 주위 사람들을 소중히 생각하고 아낄 때
곧 그 꿈같은 사랑은 우리에게 손짓할 것입니다.

인생은 거미줄

우리의 삶은 그저 무의미한 것이 아니라
모두 나름대로 의미가 있는 사건의 연속이랍니다.
겉으로 보기에는 이것과 저것 사이에
아무런 연관이 없는 듯 싶지만
우리의 인생을 커다랗게 펼쳐놓고 보면
거미줄과도 같답니다.
나름대로 다 의미가 있고 뜻이 있는 관계망입니다.
고통과 슬픔도 시간이 지나고 나면
아픔만으로 남아있지 않고
성숙이라는 선물을 우리에게 남겨 주고 가듯이
무엇이든 다 우리에게 의미있는 것들이랍니다.

우리의 삶에서 남에게 넘겨주어도 될
그렇게 중요하지 않은 것은 아무 것도 없습니다.
모든 순간과 사건들은 모두 우리 자신에게는
소중한 기억으로 남겨질 테니까요.

사랑의 효과

우리는 살아가면서
수없이 많은 방법으로
사랑을 표현합니다.
사랑의 표현은
서로의 마음을 부드럽게 만들어 주고
서로의 통로를 열어 주어
별개의 멀어진 관계를 가깝게 하여
친밀하게 해 준답니다.
편지, 선물, 미소, 전화, 고백 등
그 어떠한 형태로든
우리의 관심을 상대에게 나타내 보이는 것
그것이 바로 사랑의 표현이 아닐런지요.

우리는 사랑의 표현을 통해서
서로에게 사랑의 감정을 전할 수 있으며
서로의 영혼은 하늘 높이 날아올라 기쁨을 느끼며
일상의 사소한 어려움까지도
모두 사라지게 할 것입니다.

인간뒤의 번호표

만남에서 가장 중요한 것은 인격적인 대우입니다.
인구가 급증하고 사회가 복잡해지면서
우리들 뒤에는 항상 숫자가 따라다니게 되었습니다.
학창시절의 반번호, 주민등록번호, 병원에서의 투약
번호 등...
사회가 갈수록 각박해지고 사랑이 메말라가는 것은
어쩌면 단순한 숫자에 익숙해져버린 시대에
살고 있기 때문이 아닌가 합니다.
아무 의미도 없는 숫자로 한 인간을
대신할 수는 없습니다.
인간과 인간 그리고 너와 나를
보다 깊은 관심을 가지고 인격적으로 대하고
사랑으로 바라볼 때
의미있는 만남이 될 수 있습니다.

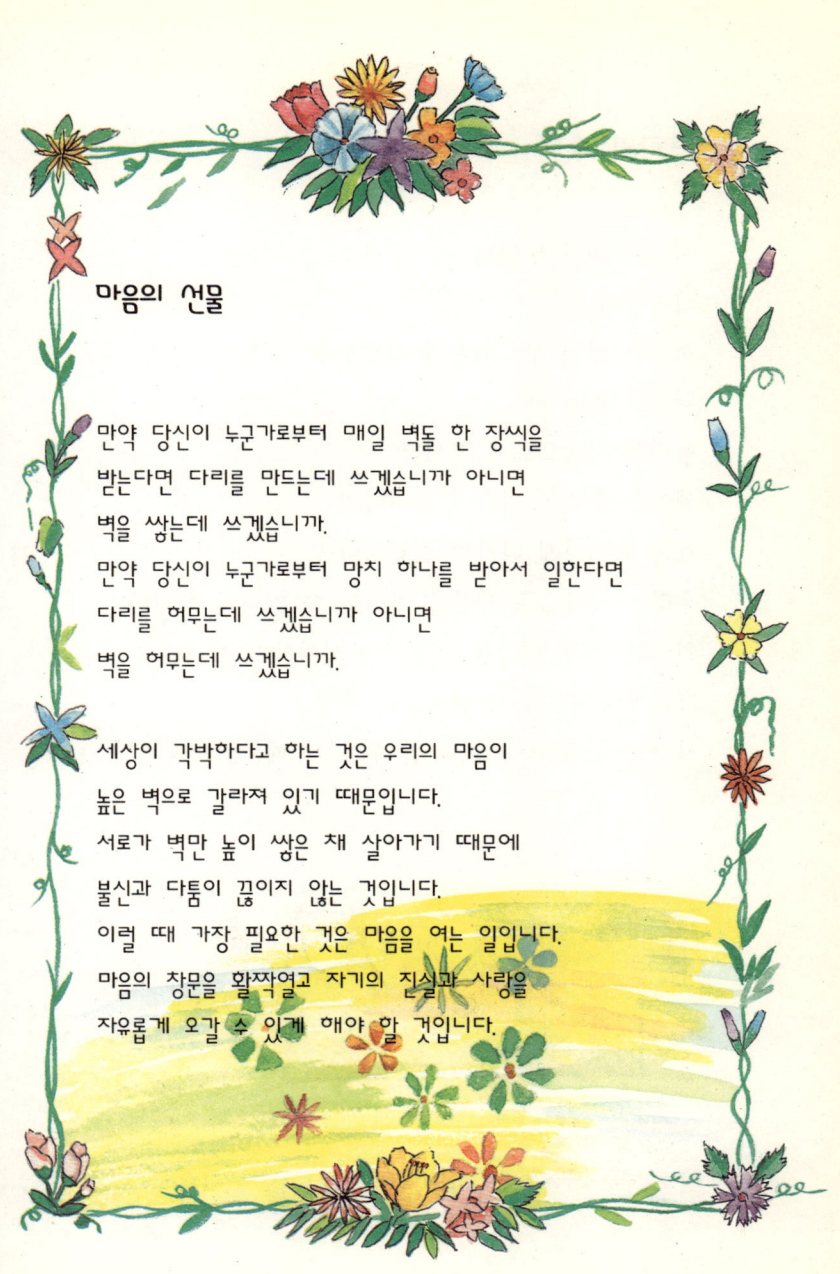

마음의 선물

만약 당신이 누군가로부터 매일 벽돌 한 장씩을
받는다면 다리를 만드는데 쓰겠습니까 아니면
벽을 쌓는데 쓰겠습니까.
만약 당신이 누군가로부터 망치 하나를 받아서 일한다면
다리를 허무는데 쓰겠습니까 아니면
벽을 허무는데 쓰겠습니까.

세상이 각박하다고 하는 것은 우리의 마음이
높은 벽으로 갈라져 있기 때문입니다.
서로가 벽만 높이 쌓은 채 살아가기 때문에
불신과 다툼이 끊이지 않는 것입니다.
이럴 때 가장 필요한 것은 마음을 여는 일입니다.
마음의 창문을 활짝열고 자기의 진실과 사랑을
자유롭게 오갈 수 있게 해야 할 것입니다.

평화의 수단

이 세상에서 무엇보다도 강하고 충만된 것은
사랑입니다.
하지만 삶의 부드러움과 따뜻함을 느끼게 해주는 것
역시 사랑입니다.
우리가 사랑으로 다가서면
세상은 우리를 반갑게 맞이하며
보다 유연하게 다가설 것입니다.
우리는 사랑으로 세상을 바라볼 수 있어야 합니다.
친구와 가족, 연인을 아낌없이 사랑해야 합니다.
그들과의 부드럽고 평화로운 생활은
사랑을 통해서만 이루어질 수 있기 때문입니다.

좋은 아침

그대는 하루를 어떻게 맞이하십니까?
물론 언짢은 일도 생길 수 있지만
될 수 있으면 하루를 즐겁게 맞이하십시오.
그날 하루를 어떠한 마음의 자세를 취하느냐에 따라
만족한 하루가 될 수도 있으며
그렇지 않을 수도 있습니다
우리 자신 이외에는 그 어느 누구도
그날 하룻동안
무엇을 느끼고 생각하며
무슨 일을 결정해야 할지에 대하여
아는 사람도 없으며 대신해 줄 사람도 없습니다.
만약 우리가 그날 하루가
희망에 찬 날이 되기를 원한다면
그렇게 되도록 하기 위해
준비하는 것을 잊지 말아야 합니다.

바람개비 사랑

우리가 어려서 색종이로 예쁘게 바람개비를 만들어
밖으로 뛰어나가 바람부는 방향을 이쪽저쪽
따져가며 바람개비를 돌린 기억이 있습니다.
바람이야 어느 방향에서 불든
그쪽으로 바람개비를 대기만 하면
뛰어가지 않아도 바람개비는 여지없이 돌아갑니다.
이제 우리도 사랑이 부는 방향으로
마음을 대보세요.
얼굴에 스치는 바람처럼 사랑을 느낄 수 있습니다.
바람을 등지면 바람개비가 돌지 않듯이
사랑에 등을 지면
그 사랑은 우리를 빗겨가고 말 것입니다.

진정한 행복

우리 누구나가 행복을
갈망하지만 그것을 찾아
언제나 우리 자신의 것으로
간직하기란 쉬운 일이 아닙니다.
세상에는 화려하고 보석처럼 반짝이는
행복처럼 보이는 것들도 있습니다.
하지만 그런 것들은 차지하고 나면
허망할 뿐이랍니다.
그보다는 마음을 열어
부족한 이들의 가슴을 채워주고
그들에게서 오는 인간적인 체취와
사랑의 향기를 느낄 때
우리는 진정한 행복을 찾을 수 있을 것입니다.

마음을 전하세요

우정은 우리의 영혼을 풍요롭게 해주며
삶을 올바르게 이끌어주는 거대한 힘이 있습니다.
누구에게나 친구는 많이 있습니다.
그러나 기쁨과 고통을 진정 자신의 일처럼 여기며
함께 기뻐하고 슬퍼할 친구는 그리 많지 않습니다.
좋은 친구를 사귀는 일은 대단히 어려운 일입니다.
그러나 그들에게 기꺼이 진실된 마음을 전할 때
참다운 우정을 나눌 수 있는
진정한 친구는 다가올 것입니다.
우리 삶의 진실한 친구는 결코
노력없이 우연하게 다가오지 않습니다.

예정된 만남

우리가 누군가를 만나 사랑하게 되는 것은
어쩌면 우연이 아닐지도 모릅니다.
그 이전 언젠가 그 어떤 것에 의하여
이미 예정되었을 거라는 생각이 들기도 합니다.
우리는 간혹 운명이라는 것을 생각하며
그 틀에 맞춰 인생의 그림을 그리기도 합니다.
하지만 중요한 것은 누군가를 만나
서로의 인생에 커다란 의미가 되고
진정한 애정을 나누며
소망을 하나 둘 가꿔나가는 거라고 여겨집니다.
서로 빈자리를 메워주며
부족한 것을 채워갈 때
우리는 진정으로 하나된 모습을
보여줄 수 있을 것입니다.

행복의 나무

행복을 간직하기란
손바닥 안의 물방울을 간직하기보다 더 어렵답니다.
행복
그것이 우리의 인생 전체를 보호해 주거나
우리의 불행과 맞서 싸워 이겨줄 수 있는
그러한 것은 아닙니다.
하지만 우리의 삶에 행복이 깃들게 되면
보다 밝고 살만한 세상이 되는 건 분명합니다.
그래서 우리는 그것을 붙잡아
그러한 순간을 맞이하고 싶어하고
또 영원히 간직하고 싶어합니다.

그러나 행복의 나무에는 사랑의 물과 진실의 거름을
쉼없이 주어야 한답니다.
한 순간만이라도 그것을 멈추면
행복의 나무는 곧 시들고 말테니까요.

망각

우리 삶에서 가장 소중한 것이 무엇인가요.
우리는 가끔 소중한 것이 무엇인지도 모르는 채
무언가를 그냥 소유하려고 애를 쓰거나
또 별로 고마워할 줄도 모르면서
받는 것에 익숙해 지기도 합니다.
늘상 그 무엇이 우리 자신과 함께 있기에
그 소중함을 채 깨닫지도 못하고
잃어버리고 나면
떠나버리고 나면
그제서야 우리는 그 가치를 깨닫고
빈자리를 발견하게 됩니다.
늦기전에 사랑이 우리 자신과 함께할 때
소중한 누군가가 우리 곁에 있을 때
그 소중함을 깨달을 수 있다면 얼마나 좋을까요.

첫사랑

사랑하는 이가 지금
그대곁에 있다면
그 사람의 지난시절의
사랑에 대해서는 이야기하지 마세요.
어두운 밤하늘에 가장 아름답고 강하게 빛나는 별은
가장 먼저 떠오르기 때문이래요.
무엇이든지 처음 일어나는 일에 대해서는
특별한 매력과 추억을 간직하기 때문이지요.
첫사랑
그것도 마찬가지랍니다.
누구나 첫사랑의 흔적은
아름다운 추억으로 남기 마련입니다.
우리에게 중요한 것은 흘러간 과거가 아니랍니다.
중요한 것은
지금 그대곁에 사랑하는 이가 있다는 사실입니다.

콤플렉스

자기 자신의 모습에 만족하는 사람은
별로 없습니다.
그렇게 콤플렉스를 가지고 고민하는 사람이
자신 혼자 뿐인 것 같지만 그렇지 않습니다.
만약 우리가 가까운 친구나
다른 사람의 마음 속을 바라볼 수 있다면
많은 이들이 자신과 비슷한 생각을 하고 있다는
사실에 놀랄겁니다.
우리 자신의 모습에 자신감이 없거나
두려움을 느낄 이유는 어디에도 없습니다.
그대로의 모습이
진정한 자신만의 아름다움입니다.

마음의 선물

생떽쥐베리의 어린왕자에 나오는 여우의 우정이야기 중에
이런 말이 있습니다.
"만약에 네가 10시까지 온다는 소식을 듣는다면 내 마음은
8시부터 즐거워지기 시작하지."
친구가 오기로 약속한 몇 시간 전부터 기분이 좋아지는
그런 친구 하나씩은 있었으면 좋겠습니다.

가슴의 소리

우정은
자신을 모두 드러내 보여주고
서로에게 소중함이 느껴질 때
우리는 그것을 진정한 우정이라고 합니다.
서로가 빈자리를 채워주고
서로의 마음을 통하여
현재의 자신을 비춰볼 수 있는
그런 사이여야 합니다.
친구 사이에 좋지 않은 선입관을 가진다거나
비밀을 가지고 있어서
속에 있는 말들을 꺼내 놓을 수 없다면
결코 진실한 관계가 될 수 없습니다.

지금 사랑하는 친구의 가슴소리를 듣고
진정한 메아리를 보낼 수 있다면
우리의 마음 속에는
사랑보다도 더 소중한 그 무엇이
담겨 있는 것입니다.

우리의 꿈

인간은 누구나 나름대로의 꿈과 능력을 가지고
세상을 살아갑니다.
그런데 우리에게 주어진 꿈과 능력은
사람마다 모두 다르고 제각기 다양하지만
우리가 끊임없이 갈망하는 그 꿈의 최종적인 목표는
단 한가지, 바로 행복입니다.
행복을 향해 가는 과정은 큰 기쁨을 줄 수도 있지만
고통이 뒤따를 수도 있답니다.
어떤 상황에서도 삶을 내던지지 아니하고
자신에게 주어진 몫으로 여기고
감사하는 마음으로 착실히 살아간다면
분명 행복을 자신의 것으로 만들 수 있을 것입니다.

자기사랑

때때로 사랑을 이야기 할 때
잘못 생각하고 있는 사람들이 있습니다.
"사랑하는 사람이 생겼어
진짜 잘해 줘야지."
물론 사랑하는 사람이 소중하지요.
하지만 먼저 자기 자신에 대해서 잘 이해하고
그 가치를 부여할 수 있는 사람만이
남을 사랑할 수 있는 것입니다.
먼저 자신을 사랑하십시오.

행복맞이

행복은 어떻게 생겼으며 어디에 있을까요.
행복은 특별하게 생기지도
그렇다고 특별한 날에만 찾아오는 선물도 아닙니다.
행복은
우리의 노력하는 삶 속에 항상 녹아 있답니다.
우리의 감사하는 마음 속에 담겨 있답니다.
우리의 인생에는 우리가 세운 목표의 달성
또는 실패 등 예측할 수 없는 일들이 생겨납니다.
우리는 그 사건들에 민감하게 반응하여
때로는 기뻐하며 인생이 내 것인양
자신감을 갖기도 하고
또 때로는 뜻대로 되지 않아
심하게 위축된 모습을 보이기도 합니다.

하지만 우리에게 그 어떤 일이 일어나더라도
적극적이고 지혜롭게 그 일에 대응해 나간다면
그또한 커다란 행복을 맞이하기 위한
준비가 아닐런지요.

참사랑

참사랑은 아낌없이 주는 것이지
어느 만큼의 대가를 산정하여
그만큼 되돌려 받으려 한다면 그것은
진정한 사랑이 아닙니다.
물론 서로가 주고 받을 때 사랑은 빛이 나겠지만
사랑은 줄수록 더욱 맑고 투명하고
넉넉해지는 거랍니다.
사랑하는 사람을 두고
사회적인 위치와 능력 등을
그 누구와도 비교하지 말아야 하며
주는 만큼 받아야 한다는 식으로
절대 흥정하지 말아야 합니다.
어떤 것이든 흥정을 하게 되면
그것 본래의 가치보다 적게 값을 치루거나
내려 깎는 것이 인간의 본성이기 때문입니다.
사랑은 나의 사람이 어떤 위치에 있건
그 사람이 보다 나아질 수 있도록

힘이 되어 주어야 하며
어떤 상황에서도 실망하지 않는 모습으로 격려할 때
그 사랑의 가치는 매겨지는 것이랍니다.

새벽예감

인생은 우리에게 행복과 고난을 안겨 주지만
우리는 그것을 선택해서 받아들일만 한
권리가 없습니다.
행복과 고난은 전혀 다른 별개의 것이지만
그 두 가지는 언제나 나란히 놓여 있답니다.
행복은 고난끝에 얻어지는 꽃과 같은 것이니까요.
만약 당신이 지금
너무도 힘겨운 순간에 머물러 있다면
기꺼이 크게 웃을 수 있는 내일을 위하여
지금의 고난을 지혜롭게 넘길 수 있어야 합니다.
깊은 밤은 새벽을 예고하는 것이니까요.

아름다운 세상

무더운 한여름의 태양빛에도
한겨울의 차가운 바람에도
감사하는 마음을 가집시다.
감사하는 마음으로 가득할 때
그 어떤 것인들 아름답지 않겠는지요.
함께 있고 싶은 사람들
소중한 친구들
사랑하는 연인
그 옛날의 아름다운 추억
언제까지나 그 속에서 머무르고 싶은 게
우리의 마음입니다.
사랑하는 마음으로.

마력

최고의 행복을 위해서 때로는
운명과 맞서 이길 수 있는 힘과 지혜가 필요합니다.
우리는 전혀 예측하지 못했거나
두려워하는 상황들에 직면하게 되면
먼저 그 상황에서 피하려고 들거나
다른 사람에게 떠넘기려 합니다.
그러나 그것을 우리의 운명이라고 받아들이는 순간
우리 자신에게는 그 상황을 처리할 수 있는
그 만큼의 마력과도 같은 힘이 주어진답니다.
고난의 운명과 맞서서 끝내 그것들을 극복할 때
우리는 어느새 긍지와 자부심을
느낄 수 있을 것입니다.

마음의 선물

미국의 한 신문사가 현대사회를 비판한 후 현대인 중에는
아무도 행복한 사람이 없다는 기사를 내면서
정말로 행복한 사람이 있다면 연락해 달라고 하였습니다.
물론 수없이 많은 연락이 왔습니다.
하루 일을 잘 끝낸 행복, 예쁜 꽃을 보는 행복, 아침에 일어나
시원한 바람을 느끼는 행복 등.
수없는 행복의 사례는 대부분 평범한 일상에서 느끼는
작고 소박한 것들이었습니다.
오늘 우리를 행복하게 하는 것은 무엇일까요.

마음에 새기고

우리는
지금 맞이한 이 시간 말고는
단 한치도 앞을 바라볼 수 없습니다.
우리의 시야는 지극히 한정되어 있어서
바라볼 수 있는 것이 극도로 제한되어 있습니다.
우리를 기다리고 있는 것이 무엇인지
전혀 예측할 수도 없으며
다만 우리 자신의 영혼과 맺어진 이 현실을
초연하게 바라보며
지금까지의 경험에 비추어
다만 꾸준히 앞으로 나아갈 뿐입니다.
사랑하는 연인과의 만남, 기쁨
그리고 나에게 남겨진 이별, 슬픔
가슴에 품은 그리움
이 모든 것들을 마음에 새기고
세월이 지나고 찌꺼기 같은 흔적만이 남더라도
우리는 그것을 통해서

또다시
지금 우리의 모습을 만들어 가며
한발자국씩 천천히 걸어갈 뿐입니다.

원하는 그대로

상대에게 대우받기를 원하는 만큼 그대로
사랑받기를 원하는 만큼 그대로
사랑하는 사람을 대해 주세요.
그 사랑은 상대방의 마음을 부드럽게 만들어
결코 실패하지 않을 사랑으로
우리에게 남겨질 테니까요.

멋나는 인생

멋나는 인생, 살만한 인생은
단 한 순간의 매력에 이끌려
짧은 만족을 느끼며 사는 삶이 아닙니다.
삶이 어렵고 힘들어도
마음 속 어딘가에 우리를 견뎌내게 하고
마음 끝에 희망이라는 무엇이 간직되어 있어
영혼의 힘을 북돋아 주고
생명력을 불어넣어 주는 그러한 삶입니다.
우리가 영혼의 소리에 귀기울일 때
그 가능성은
우리 앞에 모습을 드러낼 것입니다.

무지개빛

우리는 끝없이 만남을 반복하면서
사랑을 하게 되고 또 느끼게 됩니다.
하지만 사랑이 언제나 무지개빛일 수만은 없습니다.
사랑의 지루한 기다림도
사랑으로 인한 상처도
이별 뒤에 느끼는 외로움도
우리는 함께해야만 합니다.
하지만 이러한 것들이 두려워 사랑을 포기한다면
삶 자체를 포기한 것과 같습니다.
진정한 사랑은
사랑으로 인한 상처를 치유해 주며
삶의 무게를 덜어 주고
무엇보다도 살아가는 기쁨과 즐거움을 안겨줍니다.

서로 사랑하는 가운데 외로움도 사라지고
둘은 단단한 하나가 되어
또다른 인생을 창조해 나갑니다.
사랑의 고통은 사랑으로만 치유될 수 있습니다.

사랑의 싹

인생의 의미와 보람을
어디에서 느끼고 어디에서 찾아야 할까요.
물론 사람마다 목표가 같을 수는 없습니다.
허기진 마음과 허무함을 채우고자
정신없이 재물을 늘리려는 사람도 있겠고
자신의 존재를 널리 알리고자
명예를 얻으려고 하는 사람들도 있겠지요.
그러나 그러한 것들이
생의 전부가 될 수도 없으며
영원할 수는 더욱 없답니다.
채울수록 허기진 마음을 달래지 못할 테니까요.
참다운 삶의 의미, 보람은 어디에 있을까요.
우리 안에서 먼저 사랑의 싹을 찾아 널리 베풀고
그것이 다시 우리에게 메아리쳐 올 때
그때 찾을 수 있을 것입니다.

사랑하는 사이

사랑하는 사람끼리는
남남이면서도 남이 아닌
혼자이면서도 함께하며
떨어져 있으면서도 서로 의지가 되는
그런 사이랍니다.

두팔로 껴안고

그 옛날 어느 순간을 더듬어야
행복을 찾을 수 있을까요.
우리의 삶에 과연 행복한 때가 있기는 하였던가요.
가만히 생각해 보세요.

과거에 만족했던 날들
그러나 그 순간은 아주 작은 흔적으로 남아
우리에게 희미하게 추억될 뿐입니다.
지금 자신이 결점투성이이고 왠지 불안정하여
삶에 자신이 없고 초라하게 느껴질지라도
현재는 더없이 소중한 것이랍니다.
우리가 좀더 성장하고 난 뒤에
오늘의 모습에 만족할 수 있는
그런 자신을 가꾸기에 최선을 다하십시오.

여행길

여행을 떠나는 버스에 앉아
어떤 이는 몹시 지루해 하고
또 어떤 이는 매우 행복해 합니다.
이 차이는 어디에서 연유되는 것일까요?
도착지에서의 기쁨을 조금이라도 더 빨리
향유하려는 조급한 마음을 가진 이는
몹시도 지루할 것입니다.
그러나 현재의 여유로움으로 편안함을 즐기고
있다면 그 여행길은 몹시 행복할 것입니다.
인생도 이와 같아서
여유로운 마음으로 현재에 만족해 한다면
그의 인생은 훨씬 더 행복해 질 수 있을 것입니다.

사랑의 신비

우리는 살면서 많은 것을 원하고 있습니다.
사랑받기를 간절히 원하고
누군가의 삶에서 자신이 아주 중요하게
여겨지기를 원합니다.
하지만 이 세상 모든 사람이 다 그렇게 된다면
진정한 사랑은 이 세상에 존재할 수 없을 것입니다.
사랑은 베풀면 반드시 자신에게 돌아오게 된답니다.
이것은 진리입니다.
종종 사랑이 멀게만 느껴지기도 하지만
사랑은 그것을 보내는 사람과 받을 사람을
연결시켜 주고야 마는 신비를 지니고 있답니다.

씨줄과 날줄

우리는 꿈도 소망도 모두
이루어지기를 그리고
사랑하면서 만족한 삶을 영위하기를 바랍니다.
그렇지만 우리의 인생이
만족한 삶만으로 이어진다면
아마도 나중에는 습관처럼 되어서
행복을 소중한 것으로 생각하지 않을 것입니다.
그래서 인생은 행복과 불행이
씨줄과 날줄처럼 서로 얼기설기 엮어져 있나봅니다.
인생의 신비는 소망이 있고
그 소망이 몇번의 좌절과 어려움을 겪은 후에
이루어지는 그 맛에 있는 거랍니다.

우리의 작은 원칙

우리에게는 하나의 원칙이 있습니다.
주위의 사람들에게 좀더 관대한 마음으로
관심을 보여 주고
사랑하는 사람에게는 끝없는 믿음을 가져 주고
친구에게는 마음의 비밀을 지켜 주는
그런 원칙.
어쩌면 사소한 것처럼 여겨지고
외면당하기 쉬운 것들이지만
이런 마음들이 많은 사람들에게 지켜지고
소중한 것으로 대접받을 때
우리는 그 안에서
주위 사람으로
혹은 친구로
혹은 사랑받는 사람으로 존재할 수 있습니다.

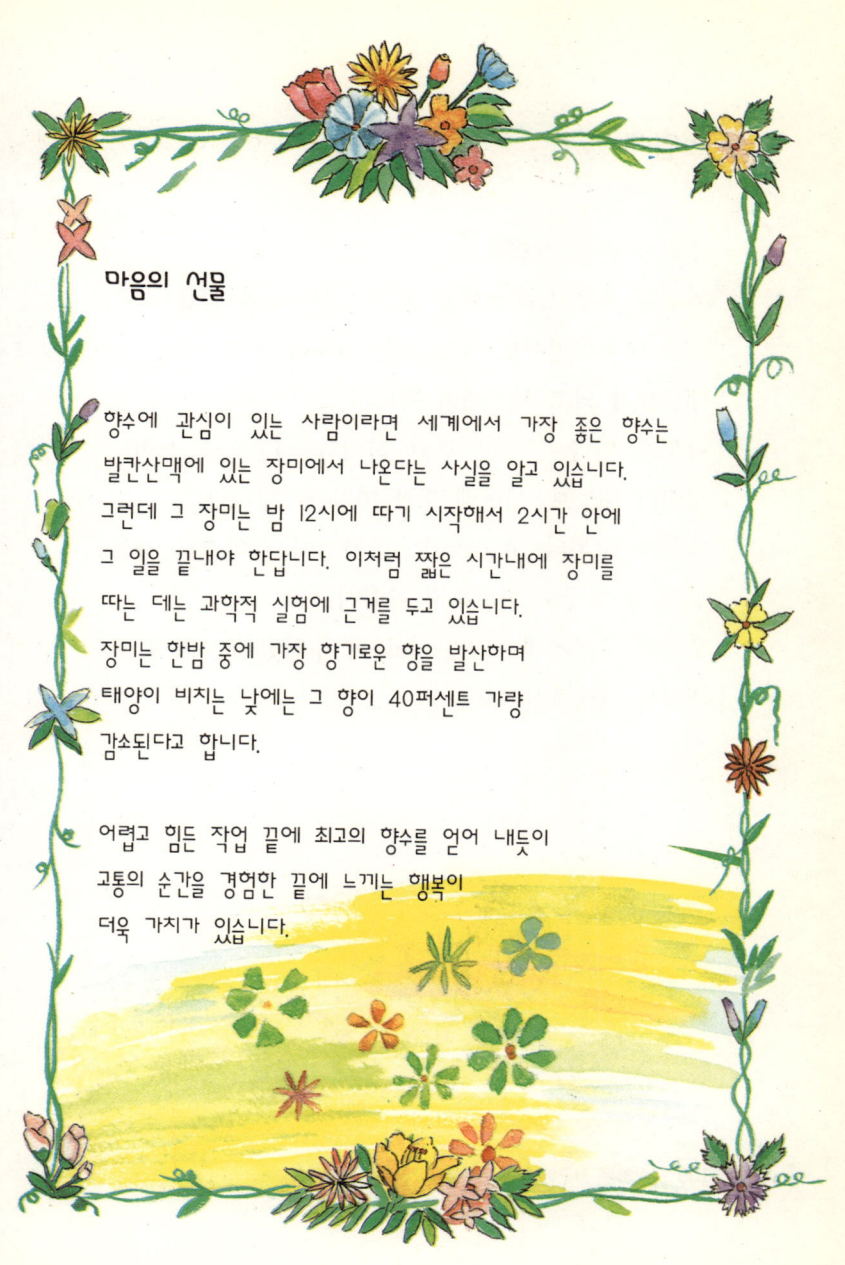

마음의 선물

향수에 관심이 있는 사람이라면 세계에서 가장 좋은 향수는
발칸산맥에 있는 장미에서 나온다는 사실을 알고 있습니다.
그런데 그 장미는 밤 12시에 따기 시작해서 2시간 안에
그 일을 끝내야 한답니다. 이처럼 짧은 시간내에 장미를
따는 데는 과학적 실험에 근거를 두고 있습니다.
장미는 한밤 중에 가장 향기로운 향을 발산하며
태양이 비치는 낮에는 그 향이 40퍼센트 가량
감소된다고 합니다.

어렵고 힘든 작업 끝에 최고의 향수를 얻어 내듯이
고통의 순간을 경험한 끝에 느끼는 행복이
더욱 가치가 있습니다.

쓰임새

우리가 집을 지으면서
기둥을 세우고 대들보를 올리고 서까래를 얹습니다.
같은 나무이면서도 어느 것은 기둥이 되고
대들보가 되고 서까래가 됩니다.
나무에 따라 기둥이 될만 하니까 기둥으로 쓰이는
것이며 대들보, 서까래 또한 마찬가지입니다.
세상의 고뇌와 고통을 모두 자신이 짊어졌다 해도
결코 그 누구도 원망하지 마십시오.
오히려 우리에게 그만한 능력이 주워졌다는 사실에
대해서 기뻐하십시오.

결합의 조건

우리는 그저 눈에 보이는 대로 판단하고
그것으로 상대를 평가하곤 합니다.
그러나 사실은 눈에 비쳐지는 것이
상대의 전부가 아니듯이
사랑도 보여지는 것이 전부는 아닙니다.
우리는 감추어진 내면의 세계에
충실할 필요가 있습니다.
먼저 자신의 영혼을 보다 맑게 하고
그 맑은 영혼의 소리가 밖으로 흘러나올 때
상대의 가슴도 열리어
마침내 진정한 의미의
영혼적 결합이 이루어질 것입니다.

누군가를 넘치도록 사랑하는 것이
가능하다면 나는 그대를 그만큼 사랑합니다.
그래서 나는 그대를 사랑한다고 말하지만
그것은 오히려 내 마음을 아프게 합니다.
그대가 먼 곳에 있기에 내가 외로움을
느낄 때 내마음을 온통 차지하고 있는
그대는 나를 아프게 합니다.
그러나 내가 너무도 그대를 사랑하고 있다는
것만으로도 행복합니다.

3부

작은 것을 아끼는 마음

소망을 향해

우리가 간직한 소망을 향해
최선을 다하다가 비록 실패를 하더라도
그것조차 간직하지 못한 채 소심하게
그럭저럭 살아가는 평범한 삶보다는 낫습니다.
모험의 인생길에서 넘어지고 다칠지라도
혼자만의 만족 속에서 사는 사람보다는 낫습니다.
비록 소망은 이루지 못했다 하더라도
늘 깨어있는 성실한 삶은
밝은 모습으로 미래의 몫으로 남겨질 테니까요.

솔직한 모습

우리 자신의 진정한 모습은 어떤 것일까요.
살아가면서 자신의 진정한 모습을
내보일 수 있어야 합니다.
우리가 인생의 여정에서 만나게 되는
의미있는 사람들을
우리 안으로 맞아들이는 것은
자신을 정직하게 열어보이는 것과 같습니다.
물론 솔직하게 자신을 드러내 보이는 것이
창피하고 상대에게 실망을 안겨줄까
두렵기도 하겠지만
우리를 솔직히 드러낼 때
인생의 참다운 의미를 알게 될 뿐만 아니라
진실한 사람을 만나는 계기가 된답니다.

봄꽃사랑, 나무사랑

우리는 간혹
마음이 변했다는 둥
사랑이 식었다는 둥의 그러한 말을 듣습니다.
사랑은 재빨리 꽃피우고 스러지는 봄꽃같기도 하고
날이 갈수록 강해지는 나무와도 같답니다.
이 세상에는 봄꽃같은 사랑도
그리고 나무같은 사랑도 많습니다.
그러나 진정한 사랑은
식는 일도 없고 변하는 일도 없답니다.
진실한 사랑은 오직 영원할 뿐이니까요.

선택의 연속

삶은 선택의 연속입니다.
친구, 사랑, 때로는 사소한 일까지도.
하지만 선택할 때마다 좋은 것만이
우리의 것이 될 수는 없답니다.
바닷가 조개가 아름답다고
모두 주머니에 주워 담을 수만은 없듯이 말이예요.
소중한 것이라면 단 하나가 될지라도
그것에 열중하고
온마음을 다하는 것이 바람직합니다.

사랑이 깊을수록

한낮의 강렬한 햇빛 뒤에 그림자가 존재하듯이
사랑 뒤에는 그 사랑으로 인한
고통이 존재하기 마련입니다.
사랑이 깊을수록 고통도 깊다는 말이 있습니다.
아마도 사랑하는 사람을 깊게 크게 사랑할수록
후에 그 사랑을 잃는 고통이 크다는 말일 것입니다.
하지만 그렇다고 사랑없이 살아갈 수는 없답니다.
사랑에 비록 고통이 따른다고 할지라도
그 사랑은 우리의 사고의 틀을 넓혀주고
우리를 성숙하게 해 줄 것입니다.

호수

누구나 자신이 행복해지기를 원하는 것은
지극히 자연스러운 일입니다.
그러나 자신의 행복을 위해
주위 사람은 어떻게 되거나 말거나 하는 식으로
생각한다면 그것은 안 될 말입니다.
이웃은 호수의 물과 같아서
주변의 물이 고요할 때에
자신도 평온해 질 수 있습니다.
잘못된 행복은 마음의 평화를 깨뜨리고 맙니다.
오히려 다른 사람의 행복을 간절하게 바랄 때
어느날 갑자기 소리없이 다가오는 그 무엇을
발견하게 될 것입니다.

꿈을 간직하세요

우리는 많은 꿈을 간직하고
또 그 꿈을 이루기 위해 계획도 세우고
꼭 이루리라고 스스로에게 다짐도 해보지만
그것이 우리의 뜻대로 되는 것도 아니며
또 이루지 못한 채 지나가는 경우도 많습니다.
우리는 훌륭하고 무엇인가를 이루는 흡족한 삶을
살아가기를 원하지요.
그러려면 쉽지는 않지만 적극적으로
삶을 내것으로 만들기 위해 끌어당기고
자신의 온 열정을 다해 노력해야 합니다.
그러면 그 꿈은 나의 현실로 다가와
이루어질 수 있답니다.
꿈을 간직하세요.
꿈은 아름답지만 그것이 현실로 이루어진다면
그 삶은 더욱 의미있는 삶이 될 수 있으니까요.

희망의 보금자리

우리에게 커다란 기쁨을 안겨 주는 일은
모두 고통의 순간을 거친 뒤라고 해도
과언이 아닙니다.
작은 웃음도 슬픔을 받아들이고 가슴 저 밑에
묻을 수 있는 그 시간 뒤에 오기에 감사하며
작은 축복도 미미하고 지루한 일상 뒤에 오기에
진정 감사할 수 있는 거랍니다.
우리는 살아가면서
고통의 저끝 한자락에는 기쁨이 있을 거라는
믿음이 있기 때문에
가슴 한켠에 희망의 보금자리를 틀어쥐고
살아갈 수 있답니다.

마음의 잣대

우리들은 누구나 자신의 삶이
어떤 계기에 의해 크게 바뀌어지기를 원하지만
먼저 바뀌어야 할 것은 우리의 삶 자체가 아니라
삶에 대한 우리들 자신의 마음입니다.
삶은 결코 둘러싸고 있는 상황에 따라
그 가치가 결정되어지는 것이 아니라
자신의 삶을 바라보는 마음의 기준에 따라
그 가치가 매겨지는 것이랍니다.

마음의 선물

깊은 산속 자그마한 연못에 두 마리의 붕어가
사이좋게 살았습니다.
그러던 어느날 사소한 말다툼 끝에 서로 몹시 싸웠습니다.
그 싸움으로 인해 한 마리가 죽어 물위에 떠오르고
시간이 흐르면서 죽은 붕어가 썩어가면서
맑은 연못의 물은 혼탁해만 갔습니다.
남은 한 마리는 썩은 물을 먹어야 했습니다.
한 마리가 죽어 없어지면 혼자 편히 잘살줄 알았던
남은 붕어도 썩은 물을 먹고 마침내 죽어갔습니다.
그후로는 작은 연못에는 아무도 살지 않았습니다.

미래를 이야기해요

우리는 자신의 행복을 다른 사람에게 책임지우고
자신의 노력이 아닌 그들이 우리 자신을
행복의 순간으로 이끌어 주기를 기대합니다.
다른 사람이 나에게 관심을 기울이고
호의를 베풀어 주기를 기대하며
그 속에서 행복해 지려고 애쓰며
때로는 화려한 환상을 가지고
그 속에서 행복을 꿈꾸기도 합니다.
하지만 그것은 허상에 불과합니다.
자신이 일구지 않은 삶과 행복은
아무런 의미가 없습니다.
그러므로 우리 자신이 우리의 삶을 지켜나가는
파수꾼이 되어야 합니다.

작은 미소

우리의 거창한 인생도 따지고 보면
들판에 소리없이 핀 풀꽃처럼
작은 것들로 모여 이루져 있답니다.
작은 친절, 작은 미소 그리고 우정과 사랑
그런 것들이 모여
삶을 더욱 가치있고 풍요롭게 만든답니다.
보다 진실되고 솔직하게 자신의 모습을 보여주고
이웃의 작은 일에도 관심을 보이고
친절을 베풀어 보세요.
사람은 누구나 작은 일에
더욱 감격하고 기뻐하는 법이니까요.

사랑과 욕심

욕심이란 무엇이나 가지고 싶은 마음이며
또한 인간의 본능적인 소유욕입니다.
때문에 사랑과 욕심은 너무도 다른 의미이건만
사랑이 욕심인 것인양 여겨지고 있습니다.
욕심을 사랑과 혼동해서는 안 됩니다.
욕심은 빼앗으려는 충동이고
사랑은 주고 싶은 선량한 마음입니다.
나의 모든 것을 상대에게 주어
저절로 하나가 되는 것이 사랑입니다.
상대를 빼앗아 나에게 붙여서
억지로 하나가 되게 하는 것은
사랑이 아니고 욕심입니다.
욕심은 우리 모두를 불행의 낭떠러지로 몰고 가지만
사랑은 끝없이 행복을 창조하는
거룩한 천사라고 할 수 있습니다.
지금 이 시간이 있기까지
욕심이 우리에게 가져온 이익은 하나도 없었습니다.

남의 것을 가지려고 하지 말고
내 것을 주고 산다면
더욱 아름다운 삶의 맛이 나올 것이 분명합니다.

지금이 중요해요

우리는 어쩌면 소중한
만남과 많은 행복들을
무심코 지나쳐 버리고 있는지도 모릅니다.
지금 우리 앞에 펼쳐지는 이 순간은
다시 올 수 없는 시간들입니다.
한번 지나가면 그만입니다.
먼 미래를 향해 꿈을 품고
그것을 펼쳐보이는 것도 중요하지만
지금 자신의 삶을 이루어주는 것들을
감사하는 마음으로 소중히 가꿀 필요가 있습니다.
친구, 부모, 그리고 새로운 만남들
되돌릴 수 없는 삶을 살아가면서
그들에게 진지한 관심을 보이고
사랑을 나누면서 살아가십시오.
그것이 이 순간에 해야 할 가장 소중한 일이니까요.

선입관

내 맞은편의 상대가 밉게 보인다면
그것은 그 미워하는 마음이 내 속에 있는 거랍니다.
상대가 사랑스럽게 보인다면
내 안에 그를 사랑하는 마음이 있다는 증거랍니다.
이유없이 상대를 배타하려는
우리 안의 부정적인 관념을 오히려 미워하여
내 안에서 밀어내세요.
그러면 사랑으로 보는 마음의 문이
활짝 열리게 될테니까요.

꽃향기

행복을 누리는 데도 자격이 필요하던가요?
행복을 누리려면 어떤 자격이 필요한가요.
행복은 꽃의 향기와도 같아서
이 사람 저 사람이 모두 느낄 수 있지만
꽃의 향기를 만드는 사람은
그 누구도 아닌 자기 자신입니다.
행복에 너무 집착하지 말고
그것을 잊어버리고
나또한 잊어버리고
올바르고 참되게만 살아가면 되는 거랍니다.
그러면 그 어느 순간에
우리 자신에게서
꽃의 향기가 느껴질 수 있답니다.

특별한 만남

우리의 삶은 만남으로 이루어집니다.
부모, 형제, 친구, 연인
이 모든 만남이 우리 자신의 주위에서
수도없이 일어납니다.
"정말 보고 싶었어요."
"우리의 만남은 진정 운명입니다."
이렇게 가볍게 던지는 인사말 한 마디가
만남으로 이루어진 그들과 우리 사이를
보다 깊고 좋은 관계로 발전할 수 있게 한답니다.
언제나 만나는 사람들도 있지만
오늘 처음 갖는 새로운 만남도 있을 수 있습니다.
문을 열고 밖으로 나가세요.
아주 특별한 만남을 위하여.

내면의 소리

복잡한 모든 것에서 벗어나
때로는 혼자만의 시간을 가져볼 필요가 있습니다.
가슴 속 내면에서 들려오는 소리에 귀기울인다면
우리는 평화로운 삶을 영위할 수 있습니다.
내면의 소리는 양심의 소리이며
우리가 바른 길을 걷도록 도와 주는
가장 친한 친구의 소리입니다.

그리고 우리

우리는 너와 나 그리고 우리라는 관계 속에서
살아가고 있습니다.
이 땅 이 하늘 아래 존재하는 모든 것들과
함께하고 함께 나누며 살아가고 있는 것입니다.
그 관계 속에는
사랑도 아픔도 기쁨도 슬픔도
함께 용해되어 있습니다.
우리는 함께 사랑을 나눌 수 있기에 행복하고
아픔도 서로 나눌 수 있기에
세상은 살아볼 만한 가치가 있으며
삶이 꽤나 행복하게 느껴지기도 한답니다.

정신적인 욕구

돈이 언제부터 우리생활에
큰 비중을 차지하게 되었는지 알 수는 없으나
하여간 오늘날 물질적 부가 무서운 위력을 지닌 채
세상을 판치고 있는 건 분명한 사실입니다.
물론 돈만 있으면 화려한 옷이나 보석을 마음대로
가질 수 있지만
세상은 돈을 가지고 살 수 없는 것도 있다는 사실을
깨달아야 합니다.
호화롭게 살 수는 있어도
평화롭고 단란한 가정을 꾸미는 일이
돈만으로는 될 수 없는 법입니다.
행복을 돈주고 샀다는 사람을 본 적이 있던가요?
정신적인 차원의 기쁨을 물질적인 차원에서
추구하는 것은 잘못입니다.

인간은 그 어느 누구도
정신적인 욕구가 충족되기 전에는
진정한 행복을 느낄 수 없습니다.

느낌

참된 것은
눈으로 그릴 수도 없고
손으로는 더욱 만질 수도 없으며
입으로 표현할 수도 없습니다.
진실된 것은
머리 속에 담아둘 수도 없는
오로지 우리의 마음을 통해서만 알 수 있고
느낄 수 있답니다.
참되고 진실된 사랑은
사랑하는 가운데
서로의 느낌으로 전해지는 것입니다.

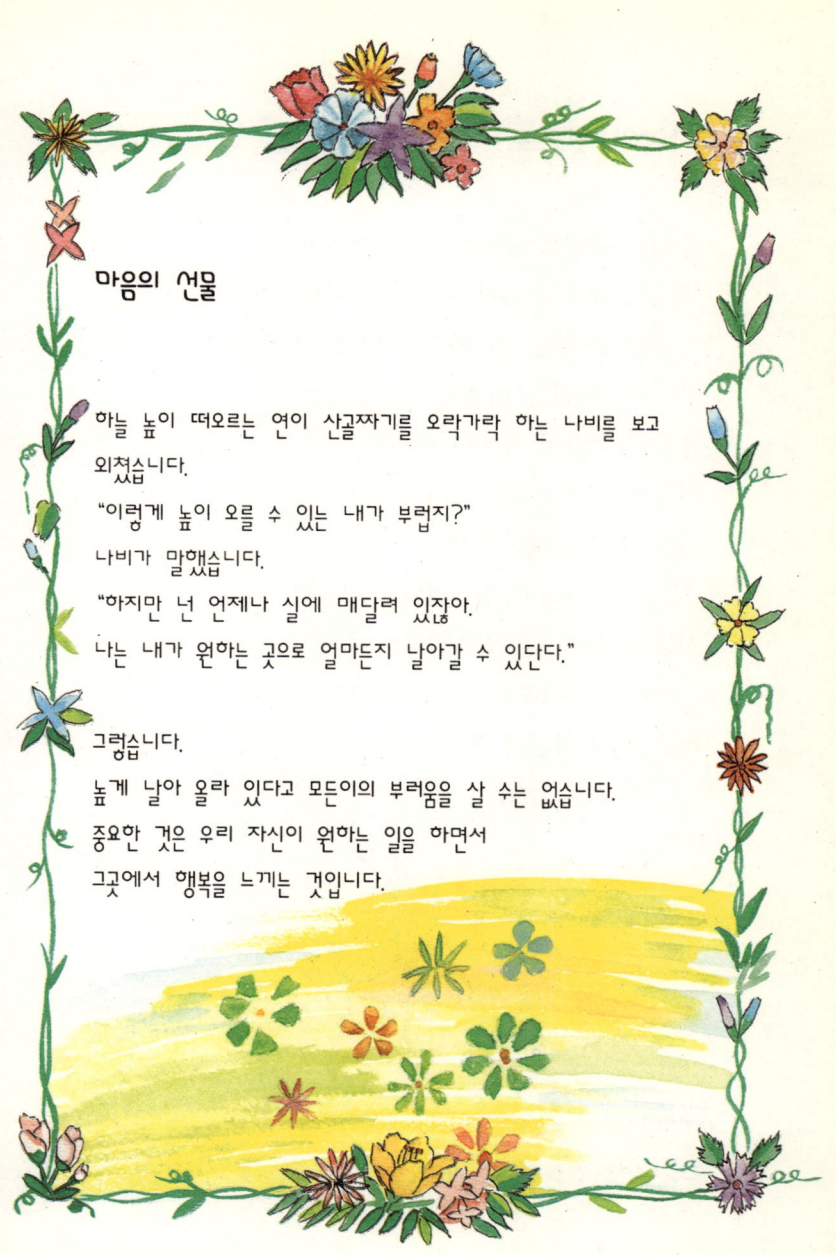

마음의 선물

하늘 높이 떠오르는 연이 산골짜기를 오락가락 하는 나비를 보고
외쳤습니다.
"이렇게 높이 오를 수 있는 내가 부럽지?"
나비가 말했습니다.
"하지만 넌 언제나 실에 매달려 있잖아.
나는 내가 원하는 곳으로 얼마든지 날아갈 수 있단다."

그렇습니다.
높게 날아 올라 있다고 모든이의 부러움을 살 수는 없습니다.
중요한 것은 우리 자신이 원하는 일을 하면서
그곳에서 행복을 느끼는 것입니다.

나만의 것으로

우리는 내일의 보람된 삶을 위하여
계획도 세우고 원하는 것도 그려보지만
꼭 필요한 것은 지금에의 성실함 뿐이랍니다.
예측할 수 없는 미래의 시간보다는
우리를 위하여 특별히 배정된 지금의 이 시간을
자신의 것으로 받아들이고
지금 무엇을 해야할지
스스로 결정하고 행동해야만 합니다.
시간이 흘러가고 있습니다.
우리에게 다가오는 깨어있는 모든 시간은
바로 우리 자신의 몫입니다.

집착

우리는 언제부터인가
재산, 명예, 권력 같은 것들에 연연해 하며
살게 되었습니다.
물론 현대를 살아가면서 그것들이 소중하지 않거나
하찮은 것이라고 말할 수는 없지요.
단지 그것들에 대한 강한 집착 때문에
자신을 옭아매고 주위로부터
단절된 생활을 한다면
차라리 없는 것보다 못하다는 것입니다.
우리는 모든 사물들을 있는 그대로
받아들일 수 있어야 합니다.
집착하는 마음에서 벗어나
본래의 순수성을 간직할 때
평화로운 미소를 지을 수 있는 것입니다.

은밀한 침묵

우리는 혼자일 때에 아니 둘이 되어도
고독하긴 마찬가지입니다.
그래서 때로는 침묵속에 자신을 던지고 싶어합니다.
나는 뭘까.
내 인생의 의미는 뭘까.
우리는 자신에 대해 알기를 원하고
우리 자신이 원하는 것이 무엇인지
깨닫기를 원합니다.
은밀한 침묵은 그러한 것들을 일깨워 준답니다.

사랑의 확신

어느 누구도 사랑으로부터 멀리 도망가고 싶거나
사랑에 대한 필요성으로부터
자유롭고 싶은 사람은 없습니다.
우리는 주위의 사람들로부터
끊임없이 사랑을 확인받고 싶어하며
또한 사랑받고 있다는 느낌 속에
우리 자신을 특별한 존재로 인식하게 됩니다.
누구나 사랑을 나누고 싶어합니다.
우리 모두는 누군가로부터 인정받고 있으며
반드시 필요한 존재라는 확신을 얻고 싶어합니다.
누군가 우리에게 사랑에 대한 확신을 심어줄 때
우리의 영혼은 더욱 밝게 빛날 수 있답니다.

삶의 기쁨

우리가 다른 사람에게 가까이 다가가는 일은
쉬운 일이 아닙니다.
하지만 다른 사람에게 무관심하기로 작정하는 것은
더욱 어려운 일이랍니다.
인생의 기쁨은 더불어 사는 그 안에 있습니다.
우리의 아내나 남편 혹은 사랑하는 사람이
자신의 발전을 위해 새로운 길을 가고자 할 때
그 길을 갈 수 있도록 격려해 주고
진정한 마음으로 도와 줄 수 있어야 합니다.
그렇게 할 때 비록 힘은 들더라도
진정한 삶의 기쁨이 무엇인지 깨닫게 될 것입니다.

사랑을 담은 마음

사랑을 담은 마음은 아름답습니다.
그 마음은 결코 이기적일 수 없으며
또 가난할 수도 없습니다.
그 마음 속에는 자신의 바람보다
상대의 소망을 먼저 생각하고
마음을 다하여 진심으로 행복을 비는 마음이 있기에
겨울에도 춥지 않으며
또 가진 것이 없어도
가슴 가득한 행복이 있기에 가난할 수도 없습니다.

이유있는 실패

우리가 어쩌다 한 번 실패를 하였다고
인생의 실패자는 아닙니다.
단지 우리가 완전하지 못하니까
무엇인가 새롭게 배워야함을
의미하는 것이기도 하며
좀더 시간을 가지고 다른 방법으로
새출발을 해야함을 의미하는 것이기도 합니다.
이유있는 실패는
의미있는 삶을 만들기에 충분하답니다.

더불어 사는 삶

누구나 희망도 없고 보람도 없는 그저 그런
무의미한 인생을 살고 싶어하지 않습니다.
그래서 사람들 속에서 껴안고 부딪치면서
살고자 하는 거랍니다.
혼자사는 인생을 생각해 보세요.
기쁨도 기쁨일 수 없으며
슬픔도 슬픔일 수 없을 것입니다.
사람들 속에 더불어 있기에 기쁨은 더욱 커지고
슬픔도 위로 받을 수 있는 거랍니다.
그래서 우리는 항상 혼자가 아닌
더불어 사는 삶을 원합니다.

고독

우리들은 살아가면서
주변 사람들과 비교되면서 위축되기도 하고
때로는 그것이 심해져서
마음의 문을 굳게 닫아 걸고
자기 속으로 들어가 갇혀버리는 경우가 있습니다.
하지만 혼자된 자신의 모습을 바라보는 것은
너무도 끔찍한 일입니다.
우리는 자신의 능력에 대해 믿음을 가지고
세상의 중심으로 다가갈 수 있는
능력을 가지고 태어났습니다.

매일을 새롭게

우리는 오늘 아침에 새롭게 태어난 것처럼
신선하게 하루를 맞이하며 살아야 합니다.
우리가 우리 마음의 자세를 어떻게 취하느냐에 따라
하루가 만족스러울 수도 있으며
그렇지 않을 수도 있습니다.
그날 하루의 성공과 실패에 대해
책임을 지고 받아들일 수 있는 마음이 있을 때
하루가 만족스러울 수 있습니다.
새벽이 밝아오는 오늘 하루를 제외하면
태양아래 새로운 것은 아무 것도 없으며
그 어떤 것도 존재할 수도 영원할 수도 없습니다.

다른 그릇으로

우리들은 우리 자신의 인생을 살아야합니다.
그것은 우리 각 개인의
새롭고 독자적이며 아름다움이랍니다.
인생은 사람마다 각각 다른 그릇으로
저마다의 삶이 주어진답니다.
능력이 있고 없음의 차이없이
각각 저마다 자신의 그릇만큼의 삶을
가치있게 그리고 보람되게
살아갈 이유가 있는 것입니다.
자신의 삶을 얼마나 잘 살아가느냐에 따라
그 삶에 의미가 있고 없음이
드러나게 되는 거랍니다.

사랑이 순수하면

거울은 그 어떤 것을 비춰도
숨김없이 그대로 보여줍니다.
비춰보아도 그 형상을 알 수 없는 거울은
이미 거울이라 할 수 없답니다.
사랑도 마찬가지입니다.
사랑이 순수하면
그 속마음조차도 비춰볼 수 있습니다.
사랑을 하여도 사랑을 베풀지 못한다면
그 사랑 또한 의미없는 거울과 같습니다.

용기있는 행동

삶은 실패가 많을수록 더욱 빛을 발하게 되며
그 위대한 목표는 지식이 아니라
용기있는 행동이라는 것을 곧 알게 됩니다.
우리의 인생은 삶 그 자체로서도
노력한 만큼의 가치는 충분히 있답니다.

마주하는 모습

사랑하는 사람 때문에
우리 자신을 버리는 일이 있어서는 안 됩니다.
사랑 때문에 우리는 서로의 가슴 밑에 있는
특별한 감정을 확인하게 되고
또 달콤한 기분을 느끼기도 합니다.
하지만 중요한 것은 그런 감정은 다름아닌
우리 자신이 느끼는 거랍니다.
아침마다 마주하는 자신의 모습을
있는 그대로 받아들이고 사랑할 때
그 사랑의 감정은 더욱 진실해 질 수 있답니다.

침묵의 늪

스피드 시대를 살아가면서
많은 사람들이 활기차고 소란스러운 듯한
모습을 볼 수 있습니다.
하지만 때때로 허전하고
무엇인가 잃어버린 듯한 느낌도 버릴 수 없습니다.
가끔씩 우리는 깊은 슬픔과
그로인한 침묵의 늪에 빠져
영혼의 허우적거림도 경험하게 됩니다.
슬픔을 겪지 않으려고, 잊어버리고 싶어서
따로 떼어놓으려고는 하지 마세요.
슬픔은 우리의 영혼을 메마르지 않게
촉촉히 적시어 줄테니까요.

마음의 선물

매일매일을 무거운 도끼로 나무를 해야 하는 한 나무꾼은

매일 똑같은 자신의 삶이 너무도 힘들고

기쁨이라고는 찾을 수도 느낄 수도 없어서

어서 빨리 죽게 해달라고 신에게 기도하였습니다.

어느날 죽음의 신이 그 앞에 나타났습니다.

그 순간 그 남자는 무섭게 생긴 죽음의 모습을 보고는 외쳤습니다.

"내가 이렇게 살아있다는 것 그것이 바로 기쁨이구나."

그리고는 전과 똑같은 일을 하면서도

매일 노래를 부를 수 있었답니다.

지금 우리가 하는 일에서 기쁨을 찾아보세요.

하루하루가 즐거울 것입니다.

내일이 있기에 이 순간을

내일이 없다면
오늘로써 우리의 삶이 마감된다면
꿈도, 희망도
아무 것도 꿈꿀 필요도
소망할 필요도 없을 거예요.
아마도 어두운 밤과 같겠지요.
하지만 우리에게는 내일이라는
새로운 삶이 기다리고 있답니다.
내일이 있기에 오늘의 삶을
충실하고 가치있게 노력하며 살아갈 수 있으며
또 감사하는 마음으로 받아 들일 수 있지요.

아름다운 내일을 기다리기 위해서는
바로 오늘
지금 이 순간을 아름답게 가꾸어야만 합니다.

삶은 언제나

삶은 우리가 깨어있을 때나
자고 있을 때나
언제나 우리와 함께 하기에
그 가치를 깨닫지 못한답니다.
그러나 모든 의미나 의의가
상실되어버린 순간에 가서야
그 진정한 의미와 가치를 깨닫게 된답니다.

목표를 세우고

사랑하는 삶도 아름답지만
목표를 세우고 그것을 이루고자 도전하는 삶은
더욱 아름답습니다.
어떤 일을 하고자 그것을 처음 시작할 때에는
많은 어려움이 있지만
자신의 소망을 위해 패배를 당할지라도
포기하지 않는 마음이 더욱 소중한 거랍니다.

인생의 책

인생은 잡지책이 아닙니다.
그 어느 책보다도 진지하고 깊이 있는 삶이
담겨있는 책이랍니다.
단지 어리석은 사람은 인생의 책장을
의미없이 넘겨버리고 말지만
현명한 사람은 자신의 책을
단 한번밖에 읽을 수 없다는 것을 깨닫고
의미를 두고 읽어나간 답니다.

시간 속에

우리가 원하는 사랑은
단 한 순간에 시작될 수도 있지만
사랑 그 자체만으로는 삶이 완성되지 않는 답니다.
오랜 시간 속에 깊어지고 성숙해지며
있는 그대로의 모습을 보일 수 있어야 합니다.
우리가 깊이 성숙된 모습을 보일 때
사랑 또한 깊어질 수 있답니다.

탄생으로 시작되는

삶

그것은 탄생이라 불리는 순간에 시작되어
죽음이라는 종말의 시간까지 계속됩니다.
그래요
우리가 부여받은 것은 삶 그 자체밖에 없답니다.
나머지는 살아가는 우리 자신에게 달려 있습니다.

아끼고 사랑할 때

한 사람을 진정으로 사랑한다면
그 사람이 고통을 주더라도
그것을 피하지 않고 받아들일 수 있어야 합니다.
사랑이 있을 때
아끼고 사랑하는 마음이 있을 때
그것이 가능하지요.
고통 중에도 의연하게 미소짓고 이해하는 마음이
진정한 사랑입니다.
모든 사랑은 완성을 추구한답니다.
그러기에 사랑은 불완전한 우리에게 고통을 주어
그 속에서 성숙할 수 있는 여지를
만들어 주는 거랍니다.
진정으로 사랑의 의미를 깨닫는 사람은
달콤한 사랑만을 사랑이라고 말하지 않는 답니다.

원고를 기다립니다
시, 에세이, 소설 등 진솔한 내용이면 됩니다.
원고는 반드시 복사본으로 보내주세요.
보내주신 원고는 반송하지 않습니다.

사랑하는 친구에게 주는
마음의 선물

지은이 / 조은향
펴낸이 / 최병섭
펴낸곳 / 이가출판사

초 판 발 행 / 1997년 7월 15일
초판 3쇄 발행 / 1998년 9월 20일

출판등록 / 1987년 11월 23일 제 1-547호
주소 / 서울시 마포구 신수동 448-6
전화번호 / 713-1993, FAX / 713-1994

값 6,000원